SOUVENIRS DU BASSIGNY

UNE PAGE DU NOBILIAIRE

LA FAMILLE

SARAZIN DE GERMAINVILLIERS

LANGRES

IMPRIMERIE ET LIBRAIRIE RALLET-BIDEAUD

8, rue Barbier-d'Aucourt, 8

1895

SOUVENIRS DU BASSIGNY

SOUVENIRS DU BASSIGNY

UNE PAGE DU NOBILIAIRE

LA FAMILLE SARAZIN DE GERMAINVILLIERS

I. Renault Sarazin (1), époux de Jacquette Arnoult,

(1) Sans attacher d'importance au fait, nous croyons que l'orthographe du nom doit être *Sarazin* ou *Sarasin* et nous basons cette remarque sur les signatures que nous avons rencontrées. Ainsi Jean Sarasin, gouverneur de la Mothe en 1634 a toujours signé : *Sarasin*. Barbe, sa fille signe : *Barbe de Sarazin*. Charles-François signe : *Sarasin de Germainvilliers*. Elisabeth-Catherine signe : *Elisabeth Sarazin*. Une des cloches de Bourmont dont elle fut marraine en 1773 porte son nom libellé de même Sa pierre tombale est identique. En outre, dans des pièces judiciaires de l'époque, écrites de la main de Nicolas du Boys, lieutenant général, toujours minutieux et correct, ce nom est toujours écrit : *Sarazin*. M. Henri Lepage, dans sa brochure publiée en 1882 sur Melchior de la Vallée, condamné en 1631, pour sortilège, sur les poursuites de Charles Sarazin, l'écrit de même. En respectant le caprice des intéressés signant autrement, nous nous bornons à signaler le fait.

vivait au commencement du xvie siècle. Un de leurs enfants fut Claude Sarazin.

II. Claude Sarazin, fils des précédents, natif de Pont-à-Mousson, seigneur de Saint-Agnan, fut avocat aux grands jours de Saint-Mihiel, procureur général du comté d'Aspremont, conseiller d'Etat. Anobli le 18 octobre 1573, il portait : *D'argent au léopard lionné de gueules, coupé, soutenu d'azur à une étoile d'or.* Il était décédé en 1590.

Il avait épousé Catherine Héraudel, fille de Nicolas Héraudel, sieur de Mandres-sur-Vair et d'Ozières et d'Amprosne Daucy, morte après 1614.

De ce mariage naquirent cinq enfants :

A. Charles Sarazin, seigneur de Saint-Agnan, conseiller en la cour souveraine de Lorraine et Barrois, qui continua la branche aînée et qui ne peut figurer dans un nobiliaire du Bassigny. Il épousa en premières noces, Catherine de Gondrecourt ; en 2es Anne Mauljean, veuve de Jean Hennezon et en 3es noces Anne Vallée, veuve de François Tabouret. Des deux premiers mariages, il eut douze enfants, sept fils et cinq filles.

B. Jean ou Jean-Baptiste Sarazin, tige des seigneurs de Germainvilliers, qui fait l'objet de ce travail et qui va suivre.

C. Anne Sarazin.

D. Claude Sarazin, mort de la peste à Paris en 1606.

E. Amprosne Sarazin.

III. Jean ou Jean-Baptiste Sarazin, écuyer, seigneur de Germainvilliers, Parroy, Erbamont, Ozières et Saint-Ouën en partie, d'abord cornette de M. d'Iche, nommé en 1603 capitaine enseigne au gouvernement de la Mothe; par patentes du 12 février 1614 lieutenant au gouvernement de cette ville en remplacement d'Elophe de Joisel, sieur de Montavault décédé. Pendant le siège de 1634, Antoine de Choiseul d'Iche ayant été tué sur la brèche le 21 juin, ce fut Jean Sarazin qui le remplaça comme gouverneur. Par son énergie, son activité, son habile direction, par les travaux qu'il fît exécuter, les précautions qu'il sut prendre, il prolongea la résistance et obtint, au dernier moment, une capitulation honorable pour la garnison et la bourgeoisie. Il mourut à Germainvilliers le 31 janvier 1635. Sa tombe est dans le chœur de l'église de ce village.

Il avait épousé, le 30 décembre 1598, Marguerite Colas de Hay (1), fille de feu Jean Colas de Hay, en son vivant seigneur de la Mothe et de Marguerite Thabouret.

Elle vivait encore en septembre 1664.

De ce mariage sont issus sept enfants :

A. Antoine Sarazin, qui va suivre.

B. Jeanne Sarazin. Avant 1624 elle était épouse de

(1) Suivant le caprice des intéressés ou des scribes, ce nom est écrit de diverses manières : *de Heys, de Het, de Héé, de Hey, de Hay*. Dans des actes postérieurs à son mariage, Marguerite signe toujours *Marguerite de Hey*. Sans rechercher si elle avait droit au titre nobiliaire, je constate qu'elle était généralement mentionnée et appelée, à la Mothe, sous le simple nom de *Marguerite Colas.*—Dans une généalogie manuscrite de la maison de Thumery, nous avons trouvé un écusson double dont un malheureusement était resté en blanc et devait contenir les armoiries de Jean de Hey, écuyer, demeurant à la Mothe. L'autre donnait les armes de Marguerite Thabouret : *d'azur au chevron d'argent, accompagné en pointe d'une rose d'argent*. Une note de cette généalogie mentionne, comme ancêtre, un Jean de la Hay, écuyer, seigneur de Silly Villette Tresmère, en 1490, qui avait pour armoiries : *d'azur à la bande d'or chargée de trois trèfles de gueules*. Ce blason est le même que celui attribué à Catherine Hérandel, épouse de Claude Sarazin, et semblable aussi à celui qui fut accordé à Jean Heraudel par patentes du 28 janvier 1611. Cette coïncidence nous a paru singulière et digne d'être rappelée. Quel rapport pouvait exister entre une famille de Picardie et une famille du Bassigny ?

Erric Hiérosme, écuyer, sieur de Sivry, capitaine, prévôt, gruger de Dieulouard, fils de Charles Hiérosme et de Marguerite Richard (1).

C. Barbe Sarazin, mariée à René de Roncourt, seigneur de Roncourt et de la maison-forte de Malaincourt, sénéchal de la Mothe et Bourmont de 1613 à 1656. Officier d'infanterie, René de Roncourt fut un des vaillants défenseurs de la Mothe. Il mourut en 1665 et sa femme en 1689. Ils avaient eu neuf enfants alliés aux maisons d'Ourches, de Landrian, de Pistor et de Brégonval.

D. Amprosne Sarazin qui épousa, le 22 février 1634, François de Montarby, sieur de Fréville et Charmoilles, capitaine au service de S. A. En 1660, ces deux époux habitaient Lannes près de Langres.

E. Aymée ou Edmée Sarazin, mariée le 7 juin 1627 à Jean Jacquinet, sieur du fief de Soulaucourt, fils de Claude Jacquinet, procureur général au bailliage du Bassigny et de Anne Thabouret. D'où une fille Anne-Gabrielle Jacquinet, née à Bourmont le 3 avril 1628. Veuve en 1632, Aymée Sarazin se remaria en 1634, à Jacques des Brochers, sieur des Loges, originaire du

---

(1) Cette famille Hiérosme ayant encore eu un de ses membres allié à une de nos illustrations du Bassigny, je relate la filiation de Charles Hiérosme et de Marguerite Richard qui étaient décédés tous deux vers 1637. Leurs enfants étaient :

1° Erric Hiérosme, époux de Jeanne Sarazin désignés ci-dessus;

2° Claude Hiérosme, d'abord femme de Jean d'Abocourt, procureur général de l'Evêché de Metz, puis remariée le 7 juillet 1636 à Nicolas du Boys, lieutenant général au bailliage du Bassigny. Elle décéda en couches le 3 septembre 1638, inhumée en l'église de la Mothe.

3° Marie Hiérosme, veuve avant 1639, de Jacques Descombes ou De Combles; écuyer ;

4° Jeanne Hiérosme, veuve aussi avant 1639, de Philbert le Bègue, écuyer, sieur de Gossallé ou plutôt Gorge-Salée ;

5° Charles Hiérosme, écuyer, sieur de Fontaine, décédé avant 1639 époux de Simonne Durant, laissant sa veuve et un mineur Charles qui a du épouser, par la suite, Marguerite-Françoise Courcel.

Ces détails sont extraits du testament de Claude Hiérosme, décédée épouse de Nicolas du Boys (archives du bailliage du Bassigny).

Poitou et lieutenant d'infanterie en la garnison de la Mothe, décédé à Blénod vers 1660. Elle mourut le 12 mai 1638 laissant une fille Barbe des Brochers des Loges qui résidait à Graffigny en 1676 et était alors veuve de Nicolas Cardel.

Anne-Gabrielle Jacquinet, d'abord épouse de Claude d'Autignac, seigneur de Courton ou Courlon (1) se remaria le 1er avril 1651 à Jean-Louis de Thumery, écuyer, seigneur de Saint-Vallier et d'Evaux, né à Chatel-sur-Moselle le 22 décembre 1618, fils de Dominique de Thumery, colonel du régiment d'Avillier et d'Elisabeth de Ferry. D'où cinq enfants. Anne-Gabrielle et son mari décédèrent à Graffigny en octobre 1675, à quinze jours d'intervalle et furent inhumés en la chapelle Saint-Christophe de cette église.

F. Marguerite Sarazin, religieuse chez les Dames de Notre-Dame du Refuge à Nancy, moyennant une dot de 6,000 fr.

E. Christienne Sarazin, religieuse chez les Dames de la Congrégation de Notre-Dame, d'abord à la Mothe puis à Metz.

IV. Antoine Sarazin, né en 1603, écuyer, seigneur de Germainvilliers, Belmont et Saint-Remimont; capitaine en 1630 d'une compagnie de cent hommes devint lieutenant-colonel. Il assista à tous les sièges et blocus de la Mothe. Après la ruine il fit la guerre de partisans puis se retira en son château de Germainvilliers qu'il avait fait restaurer. Au fronton, on voit encore ses armoiries accolées à celles de sa femme.

(1) L'origine de ce sieur d'Autignac est inconnue. Un Philibert d'Autignac, originaire de Brives-en-Limousin, est cité par Dom Pelletier comme anobli en 1721. Dans l'armorial de la généralité de Champagne, on voit Marie de Pintard, veuve de M. d'Autignac, seigneur de Courlon. (Election de Langres).

C'est lui qui enleva la belle croix de la Mothe et la replaça sur une place de Germainvilliers, en face du château. Il y mourut le 5 février 1679.

Par contrat passé le 28 juillet 1625, au château de Pelet, proche Rambervilliers, Antoine avait épousé Claude de Berman (1) née en 1605, fille de Nicolas de Berman, écuyer, seigneur de Pulligny, Ceintrey, Voinémont et de Anne Raoul. Ils eurent quatre enfants.

A. Joseph Sarazin, mort en 1652, capitaine d'infanterie au service de Charles IV.

B. Claude-René Sarazin, seigneur de Belmont, officier au service du duc Charles ; époux de Anne-Marie de la Vaulx, fille d'Errard-François de la Vaulx, chevalier, seigneur de Vrécourt, Saint-Ouen, Villers, Fresnois, et d'Anne de Lespine, fille d'Hector de Lespine, seigneur de Saint-Ouën, colonel pour son S. A. et d'Elisabeth de Coirnot ou Coyrenot. De ce mariage sont nés plusieurs enfants, entr'autres Marie-Françoise Sarazin, épouse en 1695 de Jean-Pierre de Burtel, chevalier, seigneur de Provenchères, Villiers, Fresnois. D'où postérité alliée aux Bardin, Houx d'Hennecourt, Civalart (2).

C. Jacques Sarazin, qui va suivre.

D. Marie Sarazin, née à la Mothe le 23 octobre 1644 : elle eut pour parrain Laurent de Clicquot, colonel de cavalerie et d'infanterie, seigneur de Liffol-le-Grand et gouverneur de la Mothe et pour marraine Marie d'Hachey, épouse de Guillaume Rouxel de Médavy, comte de Marey. On la voit mariée à Nicolas-François

----

(1) Les armes de Berman sont : *d'or à un ours de sable rampant, armé et lampassé de gueules, tenant un miroir d'argent, le pied d'estal et la chaussure d'or, dans lequel il se regarde.*

(2) D'après l'inventaire sommaire des archives des Vosges (page 273), Marie-Françoise Sarazin aurait épousé en 2es noces Gabriel, comte de La Vaulx.

d'Ourches de Vidampierre, chevalier, seigneur en
partie de Parey-sous-Montfort, de Belmont et de
Saint-Remimont, fils de François d'Ourches et de sa
deuxième femme Beatrix Berman, dejà veuve de
Eléazar Barrois, seigneur de Boucq. Nicolas-François,
capitaine puis major de cavalerie au service de Charles IV, fut tué à l'ennemi en 1666, en un combat donné
dans le Palatinat.

V. Jacques Sarazin, né à Germainvilliers le 28
décembre 1630, écuyer, seigneur de Germainvilliers,
lieutenant de cavalerie dans le régiment du Puy,
épousa, le 9 avril 1668, Claire-Marguerite de Laval,
fille de Claude–Louis-François de Laval, seigneur de
Charmois (1) et de Vrécourt, conseiller et maître
d'hôtel de S. A. R. madame la duchesse d'Orléans,
procureur général au bailliage du Bassigny, et de
Françoise Bon de Hazelach, première femme de
madame la duchesse d'Orléans.

En 1707, pour 4.666 fr. et des services religieux, ils
vendirent leur hôtel de Bourmont aux religieux de la
Sainte-Trinité de la Congrégation réformée pour la
Rédemption des captifs, à l'effet d'y établir un collége.

Jacques Sarazin mourut vers 1708, laissant sa veuve
dame de Germainvilliers et gardienne noble de leurs
enfants, avec le fils aîné pour curateur. Ces enfants
étaient au nombre de douze.

A. Antoine-Théodose Sarazin, qui suivra.

B. Marguerite-Catherine Sarazin, née le 11 décembre 1672, morte jeune.

C. Claude-Gabriel Sarazin, né le 24 février 1674,

---

(1) Charmois nous est inconnu, s'agit-il de Charmoy, commune du
canton de Fayl-Billot ? S'agit-il d'un *Charmois-les-Bains* dont était
seigneur en 1580 Louys de la Dixmérie, cité dans le procès-verbal de
la coutume du Bassigny (page 78) ?

brigadier dans les chevau-légers de S. A. On le voit parrain à Langres, le 11 août 1687, de Lazare fils de Joseph de Laval, baron de Meuvy et Vrécourt, sieur de Charmoy, et de dame Jeanne du Bois.

D. Jacques-Joseph Sarazin, né à Germainvilliers le 21 décembre 1676. Il mourut en 1774 à 98 ans.

E. Marguerite Sarazin, née le 4 octobre 1677. Elle fut mariée, le 25 juin 1715, à Charles de Beaudoin, écuyer, sieur de Lépine, qui demeurait à Brainville puis à Robécourt. Un de leur fils âgé de neuf ans est décédé à Brainville le 25 juillet 1725 et fut inhumé sous le crucifix dans le chœur de l'église. Charles de Beaudoin assistait, en 1735, au mariage de sa nièce Elisabeth-Catherine Sarazin avec Antoine-François de Landrian.

F. Marie-Nicolle Sarazin, marraine en 1695 et domiciliée à Bourmont (1).

G. Marie-Anne Sarazin, née à Germainvilliers le 30 mai 1680, décédée le 1er mars 1758, inhumée à Germainvilliers.

H. Charles-François Sarazin, né à Germainvilliers le 20 décembre 1686, chevalier, conseiller assesseur au bailliage du Bassigny avant 1711, décédé à Bourmont, célibataire, le 5 décembre 1746 à 63 ans, inhumé derrière le maître-autel, sous la tombe de sa famille.

I. Félix-Gabriel Sarazin, né le 25 mars 1689.

J. Magdeleine-Françoise Sarazin, née le 3 avril

(1) Le 17 septembre 1748, Marie-Nicolle Sarazin, fille majeure, par affection pour son frère Antoine-Léopold Sarazin d'Aigremont, chevalier, seigneur de Germainvilliers, ci-devant capitaine au régiment de Montmorin infanterie, chevalier de Saint-Louis, qui, à sa considération, a bien voulu quitter le service militaire, voulant lui donner d'autant plus lieu de soutenir l'éclat de la famille, lui fit donation de tous ses biens, même de ceux du don mutuel qu'elle a fait avec son frère Charles-François, vivant conseiller au bailliage, sous réserve de 3.000 fr. dont elle disposera à sa volonté.

1690. Son parrain fut Claude-François Berget, écuyer, sieur de Tollaincourt et de Chaumont-la-Ville. Elle épousa, le 6 avril 1728 Joseph-Alexis de La Vaulx, baron et seigneur de Sauville, capitaine au régiment des gardes-suisses du duc Léopold, fils de Charles de La Vaulx, lieutenant-colonel du régiment d'infanterie de Gournay, et de Marie-Ursule de Bazentin de Malapert d'Auzainvilliers.

K. Amable-Agathe Sarazin, née le 10 mars 1695, épouse le 6 avril 1728, Claude-Joachim de Bonnay, de Villars-Saint-Marcellin (1), âgé de 33 ans, capitaine au régiment de Meuse, fils de Claude de Bonnay, seigneur de Villars-Saint-Marcellin et d'Agnès Le Gros.

L. Antoine-Léopold Sarazin, qui suivra après son frère aîné.

VI. Antoine-Théodose Sarazin, né à Germainvilliers le 18 avril 1671 eut pour parrain son ayeul Antoine Sarazin et pour marraine Françoise Bon de Hazelach. Chevalier, seigneur de Germainvilliers et d'Ozières, capitaine de cavalerie dans le régiment de Marescot, il épousa à Graffigny, le 16 juin 1705, Barbe Collin d'Aingeville, âgée de 22 ans, fille de Jean-Baptiste Collin d'Aingeville, écuyer, avocat au Parlement, et de Claude de Bournon, ses père et mère défunts. Assistaient à ce mariage, Claude-Antoine de Montarby, chevalier, seigneur de Charmoilles en partie, Fréville et Ozières ; Claude-Gabriel de Sarazin, brigadier dans les chevau-légers de S. A. ; Jean-Baptiste d'Aingeville, écuyer, avocat au Parlement, garde des sceaux et marteaux en la sénéchaussée de la Mothe et Bourmont, frère de la mariée ; Charles-Alexis de L'Isle, écuyer.

(1) Villars-Saint-Marcellin est une commune du canton de Bourbonne-les-Bains (Haute-Marne).

Antoine-Théodose décéda à Graffigny le 5 novembre
1752, à 81 ans, Barbe Collin y était morte le 31 juillet
1749.

Ils eurent six enfants.

A. Marguerite-Claire Sarazin, née à Graffigny le 29
janvier 1706, morte le 8 janvier 1709.

B. Jacques-Théodore Sarazin de Germainvilliers, né
le 5 décembre 1707.

C. Anne-Barbe Sarazin, née le 23 août 1708, qui
épousa, le 23 janvier 1737, à Graffigny, Etienne Simonnet, seigneur de Vougécourt, fils de Claude
Simonnet, écuyer, seigneur d'Isômes et Dommarien, et
de Françoise Piot. D'où postérité. On voit que le 11
août 1773, au couvent des Dominicaines de Langres,
fit profession Marie-Angélique de Saint-Arsène, fille
d'Etienne Simonnet de Vougécourt, et de Barbe Sarazin.
Une autre fille Marie-Thérèse Simonnet de Vougécourt,
épousa, le 11 juillet 1774, Jean-Baptiste-René-Adrien,
baron de Tricornot, chevalier de Saint-Louis et ancien
lieutenant-colonel de dragons au régiment allemand
de Schomberg, au service de France.

D. Marguerite-Gabrielle Sarazin de Germainvilliers,
née le 10 mai 1709.

E. Charles-François Sarazin de Germainvilliers, né
le 27 juillet 1710, mort à Graffigny le 9 octobre 1711.

F. Elisabeth-Catherine Sarazin de Germainvilliers,
née le 12 avril 1712 : elle épousa, à Graffigny, le 12
décembre 1735, Antoine-François de Landrian, chevalier, seigneur d'Outremécourt, Aingeville, Alarmont,
lieutenant général au bailliage du Bassigny et subdé-
légué de l'Intendant de Lorraine et Barrois, fils
d'Errard de Landrian et d'Anne de L'Isle. D'où postérité. Antoine-François mourut à Bourmont le 22 mars
1748, âgé de 38 ans et sa femme le 31 mars 1783, tous

deux inhumés en la chapelle Saint-Nicolas de l'église paroissiale de Bourmont.

VII. Antoine-Léopold de Sarazin, frère du précédent et douzième enfant de Jacques Sarazin et de Claire-Marguerite de Laval, naquit à Germainvilliers, le 12 avril 1698. Parrain, Claude de Montarby, seigneur de Charmoilles. Marraine, Anne-Marie de Sarazin. Il est désigné sous le nom d'Antoine-Léopold de Sarazin d'Aigremont (1), seigneur de Germainvilliers et de Velle, capitaine dans le régiment de Meuse, chevalier de Saint-Louis. Il demeurait à Nancy.

Le 4 décembre 1749, il épousa Marie-Thérèse de Faugière de Vazeille, fille de Nicolas de Faugière, chevalier, seigneur de Vazeille, ancien conseiller d'Etat de S. A. R. le duc Léopold et de François II, demeurant à Nancy, et de feue dame Marie de Lépée. De ce mariage naquit un fils Nicolas-Joseph qui va suivre.

Antoine-Léopold mourut à Velle-sur-Moselle le 23 octobre 1768, à 73 ans. A droite, sous le portail du clocher de cette église, se trouve son épitaphe sur marbre noir, avec armoiries. Elle est ainsi conçue : (2)

Cy gist messire Antoine-Léopold de Sarazin, chevalier, seigneur d'Aigremont, dont il porta le nom, né à Germain-villiers, décédé à Velle le 23 octobre 1268, âgé de 73 ans.

Il servit pendant 34 ans sa patrie, dans les guerres glo-

(1) Le fief d'Aigremont était dans la commune de Germainvilliers. Il consistait primitivement en justice moyenne et basse, en une maison de fief avec son bouverot, en six maignies d'hommes et leurs maisons et héritages, plus en la moitié du four bannal. Vers 1500, ce fief avait été vendu au sieur de Vrécourt par Gérard d'Amoncourt. Il passa à la famille Sarazin par le mariage de Jacques avec Claire-Marguerite de Laval.

(2) Nous remercions M. Berthe de Pommery, d'avoir bien voulu nous copier cette curieuse épitaphe.

rieuses qu'elle eut à soutenir, sous le maréchal de Saxe et de Lowendal, fut reçu chevalier de l'Ordre royal et militaire de Saint-Louis, sur le champ de bataille du Fontenoy par le Roy en personne, qui l'embrassa selon l'usage, ainsi que les autres capitaines qui se distinguèrent dans cette journée ; il commanda ensuite dans l'isle de Cassandon, dont il s'empara ; pénétra le premier dans Bergopzoom par la caponière et favorisa l'assaut prenant les ennemis par derrière lorsqu'ils tentèrent de repousser les Français qui s'étaient emparés de la brèche.

Il eut, pour père Jacques de Sarrazin, chevalier, seigneur de Germainvilliers, pour épouse Marie-Thérèse de Faugière de Vasselle, pour seul enfant Nicolas-Joseph Sarrazin. Il fut aussi bon père que tendre époux et garda pour ce motif longtemps la viduité. Son fils doit à sa sage économie et à son attachement pour sa famille la plus considérable partie du patrimoine qu'il a laissé.

Aux vertus militaires et sociales, il joignit celle qui, seule, peut y mettre le sceau, l'humilité chrétienne : c'est pourquoi il désira d'être confondu parmi les malheureux qu'il soulagea toute sa vie, par ses largesses et des remèdes dont Dieu favorisa presque toujours le succès. La mort qui efface tout laissera subsister longtemps le souvenir de sa bienfaisance, parmi les pauvres de cette paroisse. Puisse l'exemple de ses vertus être toujours présent aux yeux de ses descendants. Puisse ce court éloge rendu à sa mémoire engager ceux qui le liront à prier pour lui et à l'imiter.

Requiescat in pace.

VIII. Nicolas–Joseph de Sarazin d'Aigremont est né à Nancy le 22 juillet 1751 ; seigneur de Germainvilliers ; reçu cadet gentilhomme le 17 septembre 1765. C'était, en 1775, le seul rejeton mâle de cette illustre famille. Il émigra en août 1792 et prit du service dans l'armée de Condé. Il dut être marié, car, dans les archives sommaires de la ville de Langres, on voit l'inhumation à Langres, le 3 mai 1789, de Marie-Anne-Joséphine, fille de Nicolas de Sarazin, seigneur de Germainvilliers.

Nicolas-Joseph vivait encore à Metz en 1840 et avait alors 89 ans. Avec lui s'éteignit la famille des Sarazin de Germainvilliers.

C'était un philosophe et un savant mathématicien. Il a laissé un grand nombre de brochures et d'ouvrages qu'il publia isolément et qu'il réunit plus tard en volumes. Cette collection est à peu près impossible à recueillir aujourd'hui. La nomenclature en est indiquée au tome VII de *La France littéraire* de Quérard.

Pour faire connaître notre auteur, nous donnons l'appréciation qu'en fait M. Noel, de Nancy, dans un de ses *Mémoires pour servir à l'histoire de Lorraine*, imprimés en 1838. « M. de Sarazin, dit-il, est auteur » de beaucoup de brochures philosophiques, politiques » et mathématiques. Il a inventé, pour son usage » particulier, des principes (que nous croyons inad- » missibles) au moyen desquels il résout des problèmes » insolubles, comme la quadrature du cercle, etc. » Dans sa nouvelle trigonométrie, il demande qu'on » décerne des récompenses nationales à ceux qui ré- » soudraient les problèmes qu'il propose, ou feraient » faire un pas à la science. Ces récompenses sont » curieuses : on nommerait l'auteur, suivant les cas, » baron de la pyramide, vicomte du triangle, comte » du cône incliné, marquis succube, duc du cylindre, » prince de la sphère..... »

Bourmont, janvier 1894.

J. MARCHAL.

LANGRES. — IMPRIMERIE RALLET-BIDEAUD.